Lorris Murail

L'ancêtre
disparue

Illustrations de Christine Flament

Castor
Flammarion

Conception graphique de Pascale Cazenave

Une production de l'Atelier du Père Castor

LORRIS MURAIL, l'auteur, est né le 9 juin 1951 au Havre. Il habite Paris. Père de trois filles qui vont à l'école, il écrit aussi des romans pour les adultes. Il est également critique, traducteur d'anglais et journaliste spécialisé en gastronomie. Lorris Murail écrit depuis l'âge de seize ans, ses ouvrages vont du conte de type « première lecture » au roman. Il écrit d'abord parce que c'est son métier, mais également pour communiquer avec les autres. De ce point de vue, écrire pour la jeunesse est particulièrement gratifiant. C'est un public qui réagit, qui se manifeste, qu'on a l'occasion de rencontrer. Avec les adultes, c'est beaucoup plus rare. Les sujets, il les attrape dans la vie courante, dans les journaux, au cours d'une conversation, dans ses souvenirs…

« En discutant avec ma fille aînée, j'ai constaté que la famille au sens large tenait une grande place dans ses préoccupations. Je suppose que c'est fréquent chez les enfants. En même temps, dès qu'on dépasse le cercle restreint des parents proches, ils s'y perdent très vite (moi aussi d'ailleurs). Quand on commence à parler du cousin de la belle-sœur, on ne sait plus où on en est. Voilà pourquoi j'ai imaginé cette histoire mettant en scène des enfants qui essaient de reconstituer leur arbre généalogique. À part ça, elle est entièrement inventée. »

Du même auteur en Castor Poche :
La dernière valse, n° 517.

1. L'ARBRE GÉNÉALOGIQUE

Un sourire cruel naquit sur les lèvres de Corinne. Elle serra ses cartes contre sa poitrine et regarda Marinette droit dans les yeux.

— Grand-père Jambon ! demanda-t-elle d'une voix triomphante.

— Non, non ! hurla Marinette. T'as pas le droit. C'est de la triche. Tu ne peux pas me

le reprendre. J'ai la famille presque com-
plète. Je le garde ! Je le garde !

— Évidemment, que j'ai le droit. Et pendant que tu y es, tu vas me donner aussi la
tante Purporc, le cousin Purporc, le fils
Rillette et l'oncle Boudin.

— Ça, ça m'étonnerait. L'oncle Boudin,
c'est moi qui l'ai, intervint Arthur.

— Ha ! ha ! là, je t'ai eu ! ricana Corinne.
Parce que, maintenant, je te le demande à
toi.

— Elle a raison, Marinette, dit Arthur.
C'est vrai que tu es une tricheuse.

— Tricheuse ! Tricheuse ! cria Marinette.
D'abord, il est à moi, ce jeu. Le charcutier
me l'a donné ce matin.

Corinne lui lança ses cartes à la figure
d'un geste dédaigneux.

— Tiens, reprends-les. Ça ne m'amuse
pas, de toute façon. Les noms sont com-

plètement débiles. Jambon, Rillette, Saucisse… J'en ai une indigestion.

— Ce n'est vraiment pas marrant de jouer avec vous, les filles, dit Arthur. Ça se termine toujours de la même façon. Et voilà, maintenant, elle pleure.

Il donna une petite tape sur la tête de sa sœur.

— Bon, ça va, Marinette. Tu ne vas pas en faire toute une histoire. On dit que tu as gagné, d'accord ?

La petite haussa les épaules.

— Je m'en fiche de gagner. Ce n'est pas pour ça que je pleure.

— Ah bon ? demanda Corinne, moqueuse. Et peut-on savoir pour quelle raison ?

— Ça me rend triste, les sept familles. Parce que moi, je n'en ai pas, de famille. Enfin, presque pas.

Corinne en resta bouche bée pendant un instant.

— Tu exagères un peu, non ? Tu as un frère, Arthur ici présent, un père, une mère. Tu as une cousine, moi. Un oncle et une tante : mes parents. Ça ne te suffit pas ?

— Non, ça ne me suffit pas. Je n'ai pas de grand-père, pas de grand-mère. Et quand j'y pense, ça me donne envie de pleurer. Je ne connais même pas leurs noms.

— Jambon, dit Corinne. Grand-père Jambon. Et ta grand-mère, elle s'appelait Saucisse.

— Idiote !

— Tu sais, dit Arthur à sa cousine, on a les mêmes grands-parents. Enfin, en tout cas, les parents de notre père, ce sont ceux de ta mère.

— Je m'en doute, puisque ton père est le frère de ma mère !

— On ne sait rien d'eux, reprit Arthur, songeur. On ne nous en parle jamais. Et il y en a des tas d'autres. Des arrière-grands-parents, des oncles, des tantes, des arriè-re… des arrière-arrière…

— Si tu veux, comme ça, on peut remonter jusqu'à Napoléon.

Arthur se leva et fit deux ou trois pas sur la pelouse en direction de la grande maison où sa sœur et lui retrouvaient chaque année leur cousine.

— Oui, dit-il, jusqu'à Napoléon. Géniale, ton idée, Corinne.

— Quelle idée ?

— Écoute, j'ai appris ça en histoire à l'école. Le prof a écrit au tableau le nom de Louis XIII, celui de sa femme, celui de son père… euh, je crois que c'est Henri IV. À la fin, il y en avait partout, tout le tableau était rempli. C'était pour nous faire comprendre comment un roi succède à un autre, les alliances entre les familles et ainsi de suite. Il a dit que ça s'appelait un arbre généalogique.

— Fascinant, commenta Corinne.

— Et après, il nous a expliqué que nous pouvions tous faire la même chose pour notre propre famille. Écrire notre nom et, au-dessus, celui de nos parents, de nos grands-parents. Tiens, regarde.

Arthur ramassa les cartes éparpillées sur l'herbe et en posa deux l'une à côté de l'autre.

— Là, c'est moi et là, c'est Marinette. Le frère et la sœur.

— La sœur Boudin, merci bien ! protesta Marinette.

— Non. Arthur Ferrand et Marinette

Ferrand. Au-dessus, je mets papa et maman. Jacques Ferrand et Catherine Castelli. Maman s'appelait Castelli avant de se marier. Il faut toujours indiquer le nom de jeune fille. À droite, je mets Corinne, notre cousine.

Il posa la carte.

— Ah non ! pas Gras-Double !

— Corinne Bouchard, poursuivit Arthur sans se laisser troubler. Au-dessus, il y a ton père, François Bouchard et ta mère, Sylvie Ferrand. Ta mère est à côté de papa parce qu'ils sont frère et sœur. Compris ?

— Je ne suis pas complètement stupide, répondit Corinne. Figure-toi que je sais déjà tout ça. Et maintenant, on est bien avancés !

Marinette plaça une carte au-dessus de celles que son frère venait de disposer.

— Et lui, dit-elle, c'est Napoléon. Napoléon Jambon, grand-père.

— On n'est pas au bout de nos peines, reconnut Arthur, si on veut remonter jusqu'à lui.

Corinne fit une grimace de dégoût.

— Tu veux que je te dise, Marinette ? J'ai l'impression que ton frère a décidé de nous gâcher nos vacances. Moi, je suis là pour bronzer, faire du vélo, m'amuser et monsieur a l'intention de jouer au maître d'école. Attends la rentrée, mon vieux. Tu auras toute l'année pour faire des arbres généalogiques. Moi, je préfère les arbres avec des prunes. Ou avec une balançoire.

Mais rien ne pouvait plus détourner Arthur de son idée.

— C'est ici que nous aurons une chance d'en apprendre davantage sur nos

ancêtres, affirma-t-il. Ici, au Moulin. Parce
que c'est ici qu'ils vivaient.

Il se mit à contempler la vieille maison
des Ferrand, se demandant à quoi ressem-
blaient ceux qui avaient vécu autrefois derrière ces murs de pierre grise rongée par le
lierre, sous ce toit de tuiles ocre. À gauche,
il y avait les dépendances aux énormes
charpentes, celle où tel lointain aïeul
conservait son grain, celle où tel autre avait
fait une écurie pour ses chevaux. Et, à
gauche, se dressait la mystérieuse tour
ronde, ce moulin qui avait perdu ses ailes
et où l'on avait broyé le blé pour faire de la
farine. La tour interdite aux enfants à cause
de ses ouvertures sans fenêtres et de son
plancher fragile.

— C'est la maison des Ferrand, bougonna Corinne derrière lui. Moi, je suis une
Bouchard.

— Tu exagères ! Elle est à vous, justement, la maison !

Cela faisait cinq ans que le vieux moulin était revenu dans le patrimoine familial. Quand les parents de Corinne l'avaient racheté, il était presque à l'abandon. Et depuis qu'il était de nouveau habitable, Arthur et Marinette y venaient chaque été passer un mois de vacances en compagnie de leur cousine.

— Ta mère est une Ferrand, ça suffit bien. Écoute ! Je crois qu'elle nous appelle.

— C'est l'heure du goûter ! s'écria Marinette en filant à toutes jambes vers la maison.

Sylvie Bouchard avait préparé une assiette de biscuits et un pot de chocolat au lait sur la petite table en marbre de la cuisine.

— Maman, se plaignit Corinne, Arthur

veut absolument faire un arbre généalogique et moi, ça m'embête.

— Ah bon ? Quelle drôle d'idée, répondit Sylvie d'un air distrait.

— Je veux que tu nous dises tout ce que tu sais sur la famille, intervint Arthur.

— Jusqu'à Napoléon, précisa Marinette.

— Mes pauvres enfants, j'ai bien peur de vous décevoir. Tu vois, Arthur, nous n'avons pas eu beaucoup de chance, ton père et moi. Nos parents sont morts alors que nous étions encore jeunes. Quant au reste de la famille… J'avoue ne pas être très savante à ce sujet.

Elle se tourna vers le plan de travail, près de la cuisinière, et entreprit de couper des carottes en rondelles.

— Je te l'avais bien dit que tout le monde s'en moquait de ton arbre généalogique, constata Corinne avec un sourire satisfait.

— Mon père s'appelait René et ma mère Émilienne, dit Mme Bouchard. Tu peux déjà noter ça.

— Ah oui, c'est vrai ! s'exclama Arthur. Je le savais.

— Et, bien sûr, il y a Eulalie.

— C'est celle que tu m'as montrée au village ? demanda Marinette. Elle est affreuse.

— La sœur de mon père, ma tante. Et, pour vous, c'est une grand-tante. Mais elle est fâchée avec le reste de la famille depuis toujours. Ça doit faire vingt ans qu'elle ne m'a pas adressé la parole. Pourtant, je la croise tous les étés en faisant les courses.

Le goûter avalé, Arthur s'empressa de monter dans sa chambre, tandis que Corinne et Marinette allaient profiter du soleil de cette fin d'après-midi. Il ne voulait pas risquer d'oublier les quelques informations glanées auprès de Sylvie : le

nom de ses grands-parents, de sa grand-
tante Eulalie et aussi celui de la seconde
sœur de René, une autre grand-tante baptisée Madeleine, dont Mme Bouchard avait
fini par mentionner l'existence. Il ouvrit un
cahier neuf et y consigna le peu qu'il savait
de son arbre généalogique, bien décidé à
lui ajouter très bientôt de nombreuses
autres branches.

2. L'ALBUM DE FAMILLE

Au cours de la nuit, Arthur avait vu passer en songe toute une armée d'ancêtres. Des femmes en crinoline, des hommes coiffés du bonnet des grognards, les soldats de la garde de Napoléon. Puis ses rêves l'avaient emporté plus loin encore dans le temps, parmi une horde de guerriers en armure et même d'effrayants personnages vêtus de peaux de bêtes. Des Ferrand préhistoriques ! À son réveil, il était plus décidé que jamais à entreprendre une enquête sérieuse. Mais comment s'y prendre ? Personne ne semblait disposé à l'aider. Les filles s'étaient liguées contre lui. Au moment de choisir à quoi serait consacrée cette nouvelle journée, la cueillette des mûres l'avait emporté par deux voix contre une.

— Fais pas cette tête, ils ne vont pas s'envoler, tes ancêtres, dit Corinne. Tandis que les mûres, si on ne passe pas les premiers… Tu veux bien rapprocher le panier en osier, s'il te plaît ?

— Oh, elles ne risquent pas de disparaître non plus, bougonna Arthur. Il n'y a que nous pour traverser trois champs, s'emmêler dans les fils barbelés, patauger dans les bouses de vaches et s'écorcher aux ronces… Regarde un peu Marinette, elle est violette jusqu'aux yeux.

— Dans le panier, Marinette ! On ne

mange pas, on cueille ! Qu'est-ce qu'il y a, tu ne vas pas pleurnicher ?

— Je suis accrochée, je ne peux plus bouger.

— Tire doucement, c'est ça, vers le haut. Mince, j'ai reçu une goutte.

Les trois enfants levèrent les yeux. De gros nuages noirs s'étaient massés vers l'est, au-dessus de la forêt. Une rafale de vent fit frissonner les ronces. Une haie de peupliers leur dissimulait le Moulin. De ce côté, le ciel était encore clair.

— J'ai l'impression qu'il est temps de rentrer, dit Arthur.

Le grondement qui lui répondit donna le signal de la débandade.

Arthur fila le premier, suivi de Corinne qui serrait contre sa poitrine le petit panier d'osier.

— Attendez-moi ! J'ai peur des vaches !
hurla Marinette.

Ils franchirent une rangée de barbelés
puis traversèrent un champ ras comme
un paillasson. La maison se trouvait encore loin et l'averse, déjà, les rattrapait.

— Courez au milieu du chemin, pas
sous les arbres. C'est dangereux, à cause
de l'orage ! dit Arthur.

— Là où on est sûrs de se faire tremper,
répondit Corinne. Ça y est, je vois la maison.

Ils n'étaient plus qu'à quelques cen-
taines de mètres de leur but quand la
foudre claqua. Un réflexe de terreur les fit
obliquer vers la tour. Ils se réfugièrent
dans le renfoncement de la grande porte
ronde. La pluie se mit à battre le sol. En
trente secondes, ils eurent les jambes
mouchetées de boue jusqu'aux genoux.

Le bois de la vieille porte craquait dans leur dos.

Arthur sentit contre son bras nu le contact glacé de l'énorme loquet de métal noir. Il le souleva, poussa un peu, à peine…, se demandant si la porte avait seulement bougé d'un millimètre. Un coup de tonnerre le secoua de la tête aux pieds. La bourrasque qui suivit plia les peupliers de façon effrayante.

— La porte ! hurla Corinne.

Arthur voulut se retourner mais Marinette s'agrippait des deux mains à sa chemise. Il ne put s'empêcher de rire en voyant sa figure. La porte s'était ouverte, et le vent la faisait battre de façon sinistre.

Ils entrèrent.

— C'est interdit.

— Je sais.

— Je sais.

Il faisait sombre. Pendant un long moment, ils restèrent immobiles à respirer des odeurs de pierre humide, de bois pourri, de moisissures.

— Papa dit qu'il va faire faire des travaux dans la tour pour la transformer en atelier, dit Corinne.

— Et pourquoi il ne le fait pas ? demanda Marinette.

Corinne frotta le pouce et l'index sous son nez.

— À cause des sous. Tout est en ruine. Le gros problème, c'est le toit. D'après maman, il y en a pour une fortune. Elle préférerait qu'on commence par installer une salle de bains moderne dans la maison. Avec une vraie baignoire en marbre et un petit patio fleuri. Mais, de toute façon, on n'a pas assez d'argent pour le marbre non plus.

En bas de la tour, il n'y avait rien.
Simplement un espace circulaire en terre
battue et, au milieu, une gigantesque
pierre en forme de roue.

— Qu'est-ce que c'est ? demanda Marinette.

— Une meule, certifia Arthur. Ça servait
à moudre le grain, pour faire de la farine,
il y a très longtemps. Elle doit peser au
moins dix tonnes.

Au-dessus d'eux, à une hauteur d'environ cinq mètres, se trouvait un plancher
aux lattes disjointes. Arthur s'avança dis-
crètement vers l'échelle de meunier, à
tout petits pas.

— Tu n'as pas le droit ! s'écria Corinne.

— Je regarde.

— Les barreaux ne sont pas solides, tu
pourrais te tuer. Même papa dit qu'il
n'ose plus y monter.

— Je regarde, répéta Arthur en posant le pied sur le premier barreau. Ça n'a pas l'air si fragile que ça.

— Papa dit…

Le tonnerre empêcha Corinne de finir sa phrase.

— Ton père, il pèse au moins quatre-vingts kilos. Moi, je ne risque rien. Je crois que je vais regarder un peu plus haut.

Marinette se précipita vers lui.

— Arthur ! Arthur ! Arrête ! Je ne veux pas rester en bas sans toi. J'ai peur de l'orage !

— Ça tient, commenta Arthur.

Il grimpa presque jusqu'en haut puis redescendit.

— Il te raconte des histoires pour te flanquer la trouille, ton père. Elle est so-

lide, cette échelle… hum, à part un barreau ou deux qui sont un peu fendus.

— Et pourquoi voudrait-il me flanquer
la trouille, s'il n'y a aucun danger ?

— Sans doute qu'il veut t'empêcher de
voir ce qu'il y a là-haut.

— Et qu'y a-t-il de si extraordinaire ?

— C'est exactement ce que j'ai l'intention de découvrir.

Au moment où il s'apprêtait à grimper
de nouveau, Marinette se glissa sous son
bras et le devança sur les marches.

— Je passe la première, sinon vous allez
essayer de m'abandonner !

Elle monta très lentement, en poussant
de petits cris effrayés chaque fois qu'elle
soulevait un pied.

— Oh ! là là ! gémit-elle en arrivant au
sommet de l'échelle.

— Eh ben mon vieux, fit Arthur en passant à son tour la tête par la trappe.

— Quoi, mais quoi ? demanda Corinne qui, oubliant sa peur, se dépêcha de suivre ses deux cousins.

— Rien…

— Non, rien…

Non, cela ne ressemblait vraiment pas à ce qu'avaient espéré les jeunes Ferrand. Ils avaient rêvé d'une sorte de grenier plein de secrets et de trésors, de vieux objets, de souvenirs précieux. Certes, la tour abritait son lot de vieilleries, mais que faire d'un pneu lacéré, d'un tas de bidons percés, d'une bêche et d'une faux rouillées, d'une collection de pompes à vélo hors d'usage et de pots contenant des peintures de toutes les couleurs, mais dures comme du béton ?

— Qu'est-ce que vous imaginiez ? se

moqua Corinne. Que tous vos ancêtres vous attendaient en rang d'oignons, avec une pancarte autour du cou ?

Les trois enfants marchaient prudemment sur le plancher grinçant que recouvrait par endroits une couche de paille brunâtre.

— Ah ! c'est dégoûtant, gémit Marinette en découvrant de petits tas de crottes laissés par des rongeurs. Tu crois qu'il y a des rats ?

— Mais non, assura Corinne, ce sont des mulots. C'est gentil, les mulots.

Elle poussa un hurlement.

Dérangée dans son repos par les intrus, une chauve-souris venait de jaillir d'un recoin obscur et de frôler ses cheveux. Pendant ce temps, Arthur essuyait avec répugnance sur son jean ses doigts où s'étaient entortillés les fils d'une toile d'araignée.

— Bon, dit Corinne d'un ton impatient, vous en avez assez vu ? Moi, je redescends. Et merci encore pour la visite.

Mais l'éclair, qui découpa partout autour d'elle des formes inquiétantes, et le terrible fracas qui suivit la dissuadèrent vite de faire bande à part. Soudain, on aurait dit que la nuit était tombée.

— Marinette, ne t'approche pas !

La fenêtre qui donnait sur la campagne n'était plus qu'une ouverture dépourvue de châssis, dont le contour de pierre se désagrégeait. Sous ce ciel bas, à travers la pluie si dense qu'elle paraissait fumer, on distinguait à peine les grands peupliers. Quant au clocher du village, il disparaissait presque entièrement dans un bouillonnement de nuages noirs.

— Je veux rentrer, gémit Marinette.

Mais Arthur poursuivait son exploration. Il décrocha en riant une tresse d'ail noircie par les années puis montra sa tête au milieu d'un petit cadre tout poussiéreux. Il y en avait toute une série, noirs ou dorés, carrés, rectangulaires ou ovales, posés par terre contre le mur arrondi.

— Je me demande où sont passés les tableaux…

— C'était sûrement à René, dit Corinne. Il faisait de la peinture.

— René Ferrand, 1912-1979, récita Marinette. Père de Jacques Ferrand et de Sylvie Bouchard, née Ferrand. Grand-père de nous.

— Je regrette de ne pas l'avoir connu, répondit Corinne. C'est lui qui a peint le paysage qui est accroché dans la salle à manger, au-dessus de la cheminée, avec la

biche et les oiseaux. Il peignait drôlement
bien.

— Tiens, et ça ! l'interrompit soudain
Arthur, triomphant.

À force de fureter, il avait fini par déni-
cher, en écartant une espèce de grand
drap d'une incroyable saleté, quelque
chose qui ressemblait à une malle en
osier.

— Un coffre, murmura Marinette. On
va peut-être trouver le trésor.

— Tiens ! ricana Arthur, tu es encore là,
toi ? Je croyais que tu voulais partir.

— Je veux ma part ! hurla la gamine.

— Bon, alors, tu l'ouvres, ce coffre ?
s'impatienta Corinne.

Arthur souleva doucement le couvercle.
Les charnières métalliques tintèrent en
tombant sur le plancher. Il tira un grand
coup et jeta le morceau d'osier loin de lui.

Les trois enfants poussèrent la même exclamation d'horreur.

Ils n'osèrent même pas y toucher. À l'aide d'un bâton, Corinne se mit à triturer le contenu de la malle. Des vêtements, des journaux entassés pêle-mêle, et qui répandaient une affreuse odeur de moisi. Tout partait en lambeaux, en poussière. Elle se baissa pour ramasser un morceau de dentelle mais il s'effrita entre ses doigts comme la cendre d'une bûche.

— On est drôlement avancés, dit-elle. Mon vieux, si tu arrives à lire ce qu'il y a là-dessus.

Elle désignait une liasse de papiers couverts de taches jaunes et violettes. Il était impossible de distinguer la moindre trace d'écriture.

Un terrible fracas les fit sursauter. Arthur et Corinne se précipitèrent vers la fenêtre comme s'ils craignaient que la foudre n'ait frappé la maison familiale.

— On ferait peut-être mieux de rentrer. Maman va s'inquiéter. Hum… à mon avis, elle doit être déjà horriblement inquiète.

— D'accord, on y va. Marinette, où est Marinette ?

Arthur ne la voyait plus.

— Marinette ?

— Là ! Je crois que ça y est, ce coup-là. Venez voir ! J'ai trouvé le trésor !

Il s'accroupit pour apercevoir sa sœur. Elle s'était glissée dans une sorte de niche derrière un petit pan de mur oblique.

— Pousse-toi, lui dit-il. Il y a une poignée. Cette fois, c'est du métal, du solide.

Il s'arc-bouta et tira de toutes ses forces. Le coffre glissa avec un raclement sinistre.

— Tellement solide que tu ne pourras

jamais l'ouvrir, affirma Corinne. Regarde un peu ce cadenas.

Arthur donna quelques coups de pied dedans mais le gros anneau de fer semblait soudé au coffre par la rouille. Alors, inspectant ce qui l'entourait, il repéra une bêche.

— Tout le monde aux abris, les filles. Je vais le faire sauter.

Les deux premières fois, il rata sa cible. Mais, à la troisième tentative, le tranchant de l'instrument frappa juste et le cadenas vola en éclats.

Il leur fallut cinq bonnes minutes pour soulever le couvercle bleu-noir en utilisant comme leviers la bêche d'un côté et une houe de l'autre. Enfin, il céda dans un grand bruit de gong.

— Ça valait le coup, admit Corinne.

Le coffre avait en grande partie préservé son contenu de l'humidité.

— On va tout sortir et l'étaler sur le vieux drap, décida Arthur.

Sur le dessus étaient disposés des numéros d'une revue qui s'appelait *L'Illustration*.

— 1908, 1912, 1911…, récita Corinne.

— 1912, date de naissance de René Ferrand, grand-père, déclama Marinette. 1911, date de naissance d'Eulalie Ferrand, grand-tante.

— D'accord, d'accord. Et sans doute qu'ils lisaient le journal dans leur berceau.

— Tu as raison, renchérit Arthur. Ça date des arrière-grands-parents.

— Armand, arrière-grand-père, et Lucie, arrière-grand-mère. Tante Sylvie me l'a dit ce matin. Mais on ne connaît pas les dates. Arthur, note tout ça dans ton cahier.

— Mais arrêtez-la ! hurla Corinne. On dirait un robot.

— Corinne Bouchard, cousine, dit Marinette en essayant d'imiter une voix de robot. Oh ! qu'est-ce que c'est ?

— Des illustrés, des livres pour les enfants. Tiens, regarde, un *Bécassine*. C'est pour toi, Marinette.

— Et ça, c'est des bouquins pour les grands, dit Arthur. Balzac, Zola, Goncourt, tiens, comme le prix. Super ! un vieux Jules Verne. Et là-dedans ? Des lettres, des tas de lettres.

Corinne lui chipa la grande enveloppe brune pleine d'autres enveloppes, de toutes les tailles et de toutes les couleurs.

— Ça ne se fait pas, de lire le courrier des gens, décréta-t-elle.

— Et qu'est-ce que tu es en train de faire, à ton avis ? s'indigna Arthur.

— Ce n'est pas pareil, ça, c'est une carte postale. Et les cartes postales, tout le monde a le droit de les lire. *Merveilleux séjour à Naples. Il fait chaud, chaud, chaud, mais la ville est si belle !* Signé Sylvain et Françoise. Jamais entendu parler de ces deux-là.

Arthur contemplait sa cousine d'un œil furieux.

— Alors, laisse-les, ces lettres, si tu ne veux pas qu'on les lise !

— Je cherche s'il y a des timbres inté-ressants, pour ma collection. Celui-là, par exemple, je suis sûre qu'il a beaucoup de valeur. Cinq centimes, République fran-çaise. Il faudra que je le cherche dans mon catalogue. Eh ! un timbre des États-Unis !

Arthur et Marinette continuaient de vider la malle.

Ils lancèrent en même temps un cri victorieux.

— Des albums de photos !

— Génial !

— Ce qu'elles ont l'air vieilles !

Corinne se précipita vers eux.

— Alors là, on peut dire que vous avez du pot. Si vous vouliez savoir à quoi ressemblent vos ancêtres, vous allez être servis ! Oh ! c'est maman ! Maman tout bébé, dans son bain. Et la dame, à côté, ce doit être grand-mère Émilienne. Il y a la date, 1953.

Arthur tourna quelques pages du grand album, remontant vers le passé.

— *Vacances à Aix, 1937,* lut-il. *Le premier vélo de Madeleine, 1929. Eulalie donne à manger aux lapins, 1921.*

— Elle n'était pas si moche que ça, quand elle était petite, Eulalie, constata Marinette.

— L'orage s'est calmé, dit Corinne. Si on prenait les albums pour les regarder à la maison ? Maman doit être folle. On va se faire massacrer.

3. LES PHOTOS DÉCOUPÉES

❦

Comme prévu, l'accueil de Sylvie Bouchard fut des plus explosifs. Passé l'instant du soulagement, elle laissa monter une colère à faire trembler tous les carreaux de la cuisine.

— Mais où étiez-vous donc ? Ça fait une heure que je me ronge les sangs. Avec cet

orage ! Corinne, vous ne vous êtes pas abrités sous les arbres, j'espère ?

— Mais non, maman.

— Mais où étiez-vous ? Comment se fait-il que vous n'ayez même pas l'air trempés ?

Marinette ne put se retenir davantage.

— Dans la tour, bien tranquilles. Tu ne devineras jamais ce que j'ai trouvé.

— Comment ça, dans la tour ? Qu'est-ce que c'est ? Montre. Mais c'est défendu, absolument défendu ! Quand ton père va savoir ça.

Encore sous le coup de ses émotions, Sylvie parlait de façon hachée et décousue.

— Montre. Qu'est-ce que… Vous n'êtes pas montés là-haut, au moins, avec ce vieil escalier pourri ? Mais vous êtes fous ! Vous auriez pu vous tuer. Donne ça.

— Des albums de photos, dit Corinne en les tendant à regret à sa mère.

— Très bien. Maintenant, filez dans votre chambre. Je ne veux plus vous revoir jusqu'au dîner.

— Mais, maman…

— Et les albums ? gémit Arthur.

— Confisqués. C'est un danger public, cette tour. On devrait la raser. Que ce soit l'échelle, le vieux plancher ou les fenêtres, il y a mille occasions de se casser le cou. Allez, ouste !

Il était visiblement inutile d'insister. Ils montèrent donc, s'installèrent dans la chambre des filles et entamèrent une partie de Monopoly qui tourna à la dispute en moins d'une demi-heure. D'ailleurs, ils se fichaient pas mal de la rue de la Paix et de la gare du Nord.

— C'est trop injuste, bougonna Arthur.

— Tu veux dire : dégoûtant, renchérit Corinne.

— On peut peut-être lui demander, proposa Marinette. Vous croyez qu'elle est encore fâchée ?

— Vous ne la connaissez pas. C'est une vraie peau de vache, ma mère, quand elle s'y met.

— Essayons d'aller voir si elle a changé d'humeur, suggéra Arthur.

Ils ne dépassèrent pas la mezzanine qui surplombait la salle à manger. Sylvie était là, en dessous d'eux, les albums de photos étalés devant elle sur la grande table de bois. De temps en temps, elle commentait ses découvertes à l'intention de son mari qui, debout près du canapé, démêlait les fils entortillés de plusieurs cannes à pêche. Les trois enfants s'accroupirent en silence derrière la rambarde.

— Lulu ! s'écria soudain Sylvie.

J'aimerais bien savoir ce qu'il est devenu, celui-là.

François Bouchard n'émit pour toute réponse qu'un vague grognement.

— Ça, par exemple ! Les sœurs Machin ! Comment s'appelaient-elles, déjà ? Quels numéros, ces deux-là !

Puis, tournant la page :

— Regarde comme elle était belle, ma mère, avec son chapeau de paille. C'est pourtant vrai que Corinne lui ressemble. Les mêmes yeux en amande. J'espère qu'elle n'aura pas ses jambes.

François daigna jeter un coup d'œil mais ne fit pas de commentaires, sinon celui-ci :

— Eh bien, on ne mange pas, ce soir ?

— Mon Dieu ! Quelle heure est-il ? Et moi qui suis plongée dans ces vieux albums…

Sylvie essuya sa joue du revers de la main.

— C'est incroyable. Je me suis mise à pleurer sans m'en apercevoir. Tu te rends compte, ces petits monstres, aller fouiller tout seuls dans cette tour !

— Oh ! il ne faut pas exagérer. Il suffit de faire un peu attention. Corinne et Arthur sont grands, maintenant.

Cette remarque de François fut pour les enfants comme le signal du départ. Un bref regard, une mimique complice, et ils décidèrent de tenter leur chance.

— On va demander s'il faut mettre le couvert, souffla Corinne.

Ils descendirent lentement de la mezzanine et se montrèrent dans la salle à manger.

— Vous tombez bien, dit Sylvie. Enlevez-moi ces albums et mettez les assiettes. Tiens, Marinette, viens voir quelque chose.

Elle ouvrit l'un des albums, tourna les pages et désigna une photo à sa petite nièce :

— Tu le reconnais, celui-là ? Non ? C'est ton père, Marinette. C'est Jacques. Au bord du lac de Genève. Il avait à peu près ton âge.

— Est-ce qu'on peut reprendre les albums, tante Sylvie ? C'est pour notre arbre généalogique.

— Tante Sylvie ! s'exclama la mère de Corinne. C'est bien la première fois que tu m'appelles comme ça. Je le sais, qu'on est de la même famille, pas la peine d'insister. Tante Sylvie ! J'ai l'impression d'être une vieille mémé. Tiens, à propos de mémé, vous devriez aller voir Eulalie. Je suis sûre qu'elle connaît tous ses ancêtres jusqu'à Charlemagne.

— Ah non ! Pas Eulalie ! s'exclama
Arthur.

— Il paraît même qu'elle a connu quel-
qu'un qui a dansé avec Napoléon,
Napoléon III, évidemment, glissa François
Bouchard en riant.

— Pas Eulalie ! Pas Eulalie ! scanda
Marinette.

Après le repas, il y eut le bain et le bros-
sage des dents. Bref, il leur fallut patienter
encore un bon moment avant de pouvoir
se réunir tous les trois dans la chambre des
filles, devant ces albums que Marinette
avait déjà baptisés la « galerie des
ancêtres ».

Ils s'empressèrent de sauter les pages sur
lesquelles Sylvie s'était attardée si longtemps. Ce qui avait tant intéressé et tant
ému la mère de Corinne concernait le
passé proche. Arthur, Corinne et

Marinette, eux, voulaient remonter beaucoup plus loin dans le temps.

— Tourne, tourne, tourne, disait
Corinne. Tant que tu vois des photos en
couleurs, ça veut dire que c'est trop récent.
Ah ! là, là ! Cette collection de maillots de
bain ! Ce que les gens peuvent aimer se
faire prendre en photo sur la plage !

— Bon, décida Arthur. Cet album-là ne
nous apprendra rien de nouveau. Il faut en
choisir un autre. Tiens, celui-là. C'est le
plus vieux, ça se voit tout de suite. Je suis
sûr qu'on va découvrir des tas d'ancêtres.

Plus de couleurs, plus même de noir et
blanc. Ils contemplaient maintenant de
petites photos brunes au bord dentelé.

— Madeleine, annonça Corinne. C'était
la sœur de grand-père René et aussi
d'Eulalie, naturellement.

Mais ils ne purent continuer un instant

de plus avec sérieux leur exploration. Le fou rire s'empara d'eux et, pendant de longues minutes, rien ne put les calmer, pas même les appels au calme de plus en plus courroucés qui provenaient de la chambre voisine des parents.

— Cette tête ! T'as vu les moustaches ?

— Je crois qu'on appelle ça : en guidon de vélo !

— Et lui ! Ce qu'il a l'air cruche, accoudé à la cheminée, avec la pendule sous le nez !

— Regarde, ils sont tous alignés, on dirait une photo de classe.

— Et la mémé ! Elle aussi, elle a des moustaches !

— Je suis bien contente de ne pas être née en 1900. Tu te rends compte, les vêtements qu'ils portaient ?

Ils redoublèrent d'hilarité devant le spectacle d'un certain Louis-Joseph en costume de bain rayé.

— On dirait un Dalton !

— Bon, finit par demander Arthur entre deux hoquets de rire, qu'est-ce que je marque dans mon cahier, alors ?

— Eh bien, tu n'as qu'à mettre : Louis-Joseph Dalton, ancêtre ! répondit Corinne.

Cette fois, la voix de Sylvie se fit menaçante, de l'autre côté de la cloison.

— Si ça ne s'arrête pas tout de suite, je ferme les lumières et tout le monde au lit sans délai !

Les trois enfants s'entre-regardèrent en pinçant les lèvres et firent un effort terrible pour reprendre leur souffle.

— Vous trouvez toujours votre idée aussi bonne ? parvint enfin à demander Corinne. Maintenant que vous avez vu leurs bobines, ils vous paraissent toujours

aussi passionnants, vos arrière-arrière-ceci
et vos arrière-arrière-cela ?

— Tu confonds tout, protesta Arthur. Il
s'agit de dessiner notre arbre généalogique,
pas d'aller à la plage avec Louis-Joseph
Dalton.

Nouveaux gloussements, étouffés à
grand-peine.

— On ne va pas laisser tomber maintenant, dit Marinette en continuant de tour-
ner les pages du vieil album.

Mais, soudain, l'enthousiasme n'y était
plus. Ces Ferrand du début du siècle sem-
blaient vraiment trop lointains.

— Tiens, c'est marrant, il y a un trou.

— Ah oui, tu as raison. On dirait que la
photo a été découpée. Oh ! là aussi.

Les trois enfants se penchèrent sur l'album avec une curiosité toute neuve. Le
phénomène se reproduisait à plusieurs

reprises. En tout, ils découvrirent quatre photos incomplètes où, chaque fois, manquait un personnage.

— Tu crois que c'est la même personne ? demanda Arthur.

— Je suis prête à le parier, lui répondit sa cousine.

— On n'a pas de preuve, fit remarquer Marinette.

— Je le sens, dit Corinne. Il y a quelque chose de louche là-dessous.

— Tu veux dire que..., commença Arthur.

— Exactement !

Marinette les regarda en ouvrant de grands yeux.

— Quoi ? Mais quoi ? Je ne comprends rien.

Corinne prit un air important.

— Pourquoi est-ce qu'on découperait

toujours la même personne sur les photos à ton avis ?

Marinette haussa les épaules.

— Moi, je crois qu'on l'a assassinée et qu'on a essayé de faire disparaître tous les indices, déclara Arthur.

— L'ancêtre disparu, annonça Corinne avec satisfaction.

— Quand même, protesta Marinette, vous y allez un peu fort.

— Trouve mieux.

— Et ça ! s'écria Arthur. Regardez, on a rayé son nom !

Marinette se plia en deux pour lire :

— Armand et... Armand, c'est notre arrière-grand-père.

— Armand et qui ? Voilà ce qu'il faut découvrir. Il y avait quelqu'un à côté de lui sur la photo et un autre nom à côté du sien.

Corinne s'empara de l'album et souleva la vieille page tachée d'humidité pour essayer de lire par transparence le nom rayé en le plaçant devant la lampe de chevet.

— Rien à faire, je n'arrive pas à reconnaître la moindre lettre. Le meurtrier a pris toutes les précautions.

Marinette émit un sifflement de mépris.

— Tu parles ! S'il était aussi fort que ça, il aurait enlevé les photos ou il aurait arraché les pages.

— C'est vrai, admit Arthur. Je ne vois pas pourquoi il se serait contenté de couper les photos.

— Ça existe ! s'obstina Corinne. Il y a des assassins qui adorent laisser des traces et mettre les policiers sur leur piste. Ils se croient toujours plus malins que la police.

La voix de Sylvie traversa la cloison pour leur annoncer qu'il allait être dix heures et qu'il était grand temps de songer à dormir.

Arthur posa soudain la main sur le bras de sa cousine, qui s'apprêtait non sans regret à refermer pour la nuit le vieil album.

— Attends ! Je sais… C'est une femme !

— L'assassin ? demanda Marinette.

— Mais non. La personne inconnue. Regardez.

Il posa le doigt sur une photo, juste là où était passé le coup de ciseau.

— Vu ! s'exclama Corinne en battant des mains. Bien joué, cousin.

Marinette s'usait en vain les yeux, à la recherche du détail révélateur.

— Là, lui expliqua Corinne. Ce petit triangle qui dépasse. C'est un bout de robe.

L'inconnue portait une robe. Donc, c'est une femme.

— À moins que ce ne soit un curé, plaisanta Arthur.

— Pas très doué pour le découpage, votre assassin, constata Marinette.

Corinne referma l'album et alla le poser sur sa table de chevet.

— Bonne nuit, les filles, dit Arthur en se dirigeant vers la porte pour gagner sa chambre.

— J'ai pas envie de dormir, répondit Corinne.

— Moi non plus, dit Marinette. Je me sens tout excitée.

Corinne tourna le variateur de sa lampe pour baisser l'intensité de la lumière et la transformer en veilleuse.

Arthur revint s'asseoir sur le lit, songeur.

— Il faut absolument tirer cette histoire

au clair, murmura-t-il. Mais ça m'étonnerait que tes parents puissent nous aider
beaucoup. À part que sa grand-mère s'appelait Lucie et son grand-père Armand,
Sylvie n'a pas l'air de savoir grand-chose.

Corinne acquiesça d'un mouvement de
tête, dans la pénombre de sa chambre.

— Tu as raison. Il suffisait de la voir tout
à l'heure. Elle ne s'intéresse qu'aux gens
qu'elle a connus. En fait, je crois qu'elle a
quand même connu un peu Armand et
Lucie, mais qu'elle ne s'entendait pas très
bien avec eux. D'après ce que j'ai compris, ses grands-parents n'étaient pas des
rigolos.

— Dans le genre d'Eulalie ? demanda
Marinette.

— Oui, j'ai l'impression.

— Eulalie, Eulalie, marmonna Arthur.
On en revient toujours là. Il n'y a qu'elle

qui puisse nous renseigner. Oui, je suis certain qu'elle sait, elle.

— Et si c'était elle qui avait fait le coup ? suggéra Marinette.

Corinne médita un instant avant de décider :

— Je l'imagine assez bien en train de découper les photos avec ses petits ciseaux de couturière. Mais ça m'étonnerait qu'elle ait commis le crime. Elle devait avoir un complice.

— Nous n'avons pas de preuve qu'il y ait eu un crime, rappela Arthur. Il faudrait pouvoir retourner la terre du jardin. Peut-être que le corps s'y trouve.

— Ou à la cave.

— Ou dans le puits. S'il a été condamné, c'est qu'il y a une bonne raison.

Marinette sauta brusquement à bas du lit

pour ramasser quelque chose qui traînait par terre.

— Ça a dû tomber de l'album.

— Qu'est-ce que c'est ? demanda Arthur. Monte un peu la lumière. Je n'y vois rien.

Corinne ouvrit le petit carton gaufré dont les années avaient jauni la couleur blanche.

— C'est un faire-part, annonça-t-elle. Un faire-part de naissance.

Elle lut :

ANDRÉ FERRAND,
AMÉLIE FERRAND
NÉE ROCHEMONT
ET LEURS ENFANTS ARMAND
ET « TRUCMACHINE »
ONT LA JOIE DE VOUS FAIRE PART
DE LA NAISSANCE
DE MARIE-LOUISE (3 kg 200)
LE 6 OCTOBRE 1902

— Trucmachine ? répéta Marinette.

— Ça fait presque un trou à la place du
nom, remarqua Arthur avec excitation. On
dirait une brûlure de cigarette.

— Armand, c'est notre arrière-grand-
père ! dit Marinette. André et Amélie,
c'étaient   nos   arrière-arrière-grands-
parents ! Armand avait donc une sœur qui
s'appelait Marie-Louise et...

— Tu nous barbes avec ton arbre généalogique, l'interrompit Corinne. Ce n'est
pas ça qui nous intéresse, c'est le mystère
de... Trucmachine !

— Eh bien, on sait qui c'est, à présent,
répondit Arthur. L'ancêtre disparue était la
sœur d'Armand, notre arrière-grand-père.
Voilà !

— Notre arrière-grand-tante, murmura
Marinette d'une voix émerveillée.

Ils résolurent d'aller enfin dormir, sur

cette passionnante découverte. Peut-être la nuit leur soufflerait-elle la raison pour laquelle, un beau jour, on avait décidé de supprimer toute trace de la sœur d'Armand et de Marie-Louise Ferrand.

4. LE PÈRE CHÉRÈQUE

Les trois enfants avaient un peu hésité avant de confier le fruit de leurs recherches aux parents de Corinne. D'abord, parce que ces histoires de famille, de toute évidence, ne les passionnaient pas. Ensuite, parce qu'on ne savait jamais ce qui pouvait se passer dans la tête des grands et que, devant une aussi sombre affaire, Sylvie et

François allaient peut-être leur interdire de poursuivre leur enquête. Pourtant, n'y tenant plus, cousin et cousines déballèrent tout dès le lendemain matin, à la fin du petit déjeuner.

Fort intrigué, François demanda à examiner immédiatement les diverses pièces à conviction : les quatre photos et le faire-part. Après une étude attentive des documents, il ôta ses lunettes et se frotta le menton d'un air pensif.

— En fait, réfléchit-il tout haut, il n'est pas absolument certain qu'il s'agisse à chaque fois de la même personne. Ce qu'il faut, à mon avis, c'est commencer par s'intéresser aux personnages qui posent à côté de votre inconnue, sur la même photo. Bon.

Il chaussa de nouveau ses lunettes et griffonna quelques mots sur un bout de papier.

— Donc, d'après votre hypothèse, il y a

un couple, vos arrière-arrière-grands-parents, qui se nomment André et Amélie. Ils ont trois enfants : Armand, votre arrière-grand-père, Marie-Louise et l'inconnue. Voilà, ici, ce doit être André et là, Amélie. Là, c'est leur fils Armand à l'âge de cinq ans environ. Et ici, c'est toujours Armand, mais vers dix ou douze ans, d'accord ?

Les enfants acquiescèrent.

— Oui, je pense que vous devez avoir raison, conclut François. Sur les quatre photos, l'inconnue se trouve toujours en compagnie de son frère, de ses parents ou encore de cette petite fille qui est sans doute sa sœur Marie-Louise.

Les trois enfants le regardèrent, pleins d'espoir, convaincus d'avoir trouvé en François un allié solide.

— Alors, papa, demanda Corinne, qu'est-ce qu'on fait ?

François but les quelques gorgées de café
qui restaient au fond de sa tasse.

— Comment ça, qu'est-ce qu'on fait ?

— Eh bien, pour découvrir qui c'était ?

— Je viens de vous le dire : je suis d'accord avec vous. Probablement la sœur
d'Armand et de Marie-Louise.

— Oui, insista Arthur, mais pourquoi a-
t-on voulu la faire disparaître de l'album ?

— Dieu seul le sait, répondit le père de
Corinne. Ces photos datent du début du
siècle. Ceux qui auraient pu vous éclairer
sont morts depuis longtemps. À part
Eulalie, peut-être…

Les enfants poussèrent un soupir de protestation unanime.

— Papa, supplia Corinne, il n'y a pas un
autre moyen ? Il doit bien être possible
d'apprendre au moins son prénom !

François quitta la table du petit déjeuner

et alla chercher les cannes à pêche dont il avait eu tant de mal, la veille, à démêler les fils. Il n'avait pas attrapé la plus misérable truite depuis le début de la semaine et cela ne le mettait pas de très bonne humeur.

— Papa, s'il te plaît !

— Hein ? Oh ! eh bien, je ne sais pas… Vous n'avez qu'à visiter les cimetières de la région pour voir si elle y est.

Corinne poussa un cri épouvanté.

— Papa, une autre idée.

— Ou aller voir le vieux Gaspard. Tout le monde dit qu'il est un peu sorcier.

— Papa, une bonne idée.

— D'après ce que j'en sais, répondit François au bout d'une longue minute de réflexion, la famille Ferrand a toujours habité par ici. À part votre traître de père et vous deux, les Parisiens. Allez donc vous renseigner à la mairie du village, ou à l'église.

Il restait encore quelques vilains nuages noirs dans le ciel mais le temps se remettait doucement au beau. Déjà, la température avait suffisamment remonté pour sécher l'herbe du jardin.

Assis au milieu de la pelouse, les trois enfants débattaient d'une grave question : l'église ou la mairie ? Où auraient-ils le plus de chance d'apprendre quelque chose ? Et, surtout, de ces deux endroits, quel était celui qui les impressionnait le moins ?

— Ça m'étonnerait que monsieur le maire nous reçoive, dit Marinette.

— Il y a sûrement des gens pour l'aider à la mairie, répondit Arthur. On n'a pas besoin de le déranger.

— Il paraît que le père Chérèque est toujours sur la route, remarqua Corinne. Il est tout seul pour s'occuper de trois paroisses. Je le trouve génial, sur sa moto.

— Sur sa moto ? s'étonna Arthur.

— Oui, avec des bottes et un blouson de cuir.

— On commence par le curé, décida Arthur. Peut-être qu'il me fera faire un tour sur sa bécane.

— Compte là-dessus, répliqua Corinne. Tu ferais mieux d'aller voir le maire. Il a un supertracteur.

Un troupeau de moutons s'étalait sur toute la largeur de la route et ils mirent un temps fou pour parvenir au village. Bien sûr, ils auraient pu le contourner et filer à travers champs, mais Marinette ne se lassait pas de caresser la douce laine des flancs prêts pour la tonte.

La petite église dominait la place où, deux fois par semaine, se tenait le marché de la commune.

— On a de la chance, dit Corinne. J'aperçois sa moto.

Arthur alla inspecter avec gourmandise les chromes rutilants.

— On peut monter au moins à trois là-dessus ! Wouah ! le compteur grimpe jusqu'à deux cents !

Ils entrèrent dans l'église. Tout au fond, à droite de l'autel, quelques cierges brûlaient au pied d'une statue de saint Michel. Et, juste derrière, se trouvait une porte vitrée où l'on pouvait lire : « Sacristie ».

Les enfants allèrent jeter un coup d'œil mais le verre dépoli ne permettait pas d'apercevoir grand-chose. Il leur fut cependant facile de s'assurer qu'une silhouette s'affairait à l'intérieur de la pièce.

— C'est toi qui parles ou c'est moi ? demanda Corinne à Arthur, en reculant d'un pas pour bien marquer sa préférence.

Arthur n'eut pas le temps de protester : déjà Marinette avait frappé à la porte d'un air décidé.

— Entrez !

Déception ! Le père Chérèque n'avait pas vraiment l'air d'un motard. Il était grand, costaud, jeune, mais portait une soutane noire sur laquelle il était en train de passer un surplis blanc.

Corinne se souvint soudain avec embarras qu'on était samedi soir et que la messe allait commencer dans moins d'une heure.

— Cela faisait longtemps que je n'avais pas eu autant d'enfants de chœur en même temps, dit le prêtre en souriant.

Arthur et Corinne se poussaient du coude pour tenter de s'inciter l'un l'autre à prendre la parole.

— On vient à cause d'une ancêtre qui a

disparu, déclara Marinette, le plus naturellement du monde.

— Oh ? s'étonna le père Chérèque. J'espère que vous ne me soupçonnez pas ?

— Non, c'est-à-dire…, bredouilla Arthur. Vas-y, toi, Corinne !

Elle se racla la gorge. Mais le prêtre ne lui laissa pas le temps de parler.

— Corinne ? Tu ne serais pas la petite Bouchard, par hasard ? Comment va ta mère ?

— Très bien, monsieur le curé, merci.

— Alors, qu'est-ce qui vous amène ?

Arthur entreprit de résumer l'histoire de la façon la plus claire possible, tandis que le père Chérèque achevait de revêtir ses ornements puis ouvrait un petit placard pour en sortir les burettes et le calice.

— Un arbre généalogique ? Ça, c'est une

idée ! dit-il, comme pour indiquer qu'il écoutait avec attention.

Un instant plus tard, il déclara :

— Eh bien, moi, j'aurais du mal à faire le mien. Figurez-vous que mon père est un enfant trouvé. Il a été adopté par de braves gens qui s'appelaient les Chérèque. Mais je ne sais pas du tout qui étaient mes grands-parents.

Quand les enfants eurent achevé leur récit, le curé s'assit devant une petite table et s'exclama :

— L'ancêtre disparue ! Ça ferait un bon titre pour un roman policier, vous ne trouvez pas ? Malheureusement, comme tout cela remonte au début du siècle, j'ai peur qu'on ne puisse pas compter sur les gendarmes pour tirer l'affaire au clair.

— Papa pense que vous pourriez nous

aider à découvrir son prénom et sa date de naissance, dit Corinne.

— Moi ?

— Oui, grâce au baptême.

Le prêtre sourit.

— En effet, c'est possible. Si votre mystérieuse arrière-grand-tante a été baptisée dans cette paroisse, elle doit figurer dans les vieux registres. À condition que le maniaque à la paire de ciseaux ne soit pas venu faire aussi du découpage dans les registres de la paroisse, naturellement !

— Est-ce que vous allez nous aider ? demanda timidement Arthur.

— Vous avez de la chance : j'adore les énigmes. Tenez ! C'est ainsi qu'un jour, alors que je passais devant la vieille grange de la mère Chaunu, vous savez, la grange qui… Eh ! Les enfants ! Ma messe ! Il est six heures moins cinq !

Le père Chérèque se leva précipitam-
ment, et acheva de se préparer tout en
disant :

— Filez, les enfants. Le bon Dieu n'aime
pas qu'on le fasse attendre. Sans parler de
mes paroissiens.

— Est-ce que vous… ?

— S'il vous plaît, monsieur le curé…

— Filez ! Filez ! Ne vous en faites pas,
c'est gravé là, dans un coin de ma tête :
l'ancêtre disparue ! Mais, pour l'instant,
c'est à vous de disparaître. Allez, dehors !

Ils se hâtèrent de sortir de la sacristie.
Une quinzaine de personnes s'étaient
assises sur les bancs de l'église, semblant se
demander ce que leur curé attendait pour
se montrer. Les trois enfants longèrent les
murs pour ne pas se faire remarquer.

Soudain, Corinne s'arrêta et attrapa

Arthur par la manche. Doucement, elle tira son cousin derrière un gros pilier.

— Regarde, là, au troisième rang. C'est Eulalie.

La vieille femme était agenouillée sur un prie-Dieu et marmonnait en faisant couler entre ses doigts les perles d'un chapelet.

— Sûr qu'elle doit avoir des tas de péchés sur la conscience, souffla Arthur.

— Oui. L'ancêtre disparue.

— J'espère que le curé ne va pas nous oublier.

Au même instant, la voix puissante du père Chérèque retentit jusqu'aux plus hautes voûtes de l'église :

— Au nom du Père, du Fils et du Saint-Esprit.

— Ainsi soit-il, répondirent en chœur les fidèles.

Le lendemain, on laissa provisoirement de côté la grande enquête familiale pour se consacrer à la cueillette des champignons. À la première heure, les Bouchard et les Ferrand enfourchèrent leurs vélos pour se rendre jusqu'aux bois qui bordaient la route nationale, à trois kilomètres de la maison. François avait en effet décrété que : un, le retour du soleil après les pluies d'orage avait dû favoriser la pousse des champignons ; deux, ils n'étaient jamais meilleurs que cueillis encore luisants de rosée matinale ; trois, il ne fallait pas perdre une minute si l'on voulait être les premiers à visiter les bons coins.

Il y en avait de toutes les formes et de toutes les couleurs. Muni de sa petite ency-clopédie, François étudiait attentivement chaque trouvaille et annonçait, en compa-rant avec les planches de l'ouvrage :

— Bolet de fiel. Comestible mais très amer, comme son nom l'indique.

Ou :

— Fistuline ou langue-de-bœuf. Du genre coriace.

Ou :

— Entolome livide. Vénéneux. Tu te laveras bien les mains en rentrant, Marinette.

Ou :

— Je ne le trouve pas, celui-là. Dans le doute, abstenons-nous.

Les trois enfants suivaient, encore titubants de sommeil, et feignaient de participer aux recherches passionnées des parents de Corinne. Mais leur esprit était ailleurs.

— T'as les photos ?

— T'inquiète pas.

— Et le faire-part ?

— Oui, oui.

— Tu crois qu'on va avoir des nouvelles du curé ?

— C'est sans doute pas son principal souci.

À onze heures du matin, la cueillette était terminée. À eux cinq, ils avaient déniché quelques belles girolles, une véritable mer noire de trompettes-de-la-mort et une vingtaine de pieds-de-mouton. De quoi faire une sérieuse fricassée. À onze heures dix, Corinne, Marinette et Arthur filaient de leur côté, vers le village, pour y mettre à exécution l'idée du jour.

— Tu as bien compris, Marinette ? dit Arthur. Il faut repérer ceux qui ont l'air vraiment très très vieux.

— Oui, je sais. Au moins cent ans.

— Qu'elle est bête !

— C'est pourtant vrai, intervint Corinne. Ça se passait il y a presque un siècle.

— Tu parles du baptême ? Bon, d'accord, mais notre ancêtre disparue n'était encore qu'une petite fille à cette époque-là. Il y a sûrement des gens dans le village qui l'ont connue... plus tard.

— Tiens, regarde.

Corinne désignait une vieille dame courbée en deux sur le pas de sa porte, les mains posées sur le pommeau de sa canne.

— Vas-y, Marinette.

Ils la regardèrent s'approcher de la vieille femme et s'assurèrent qu'elle suivait à la lettre leurs instructions. Marinette eut un peu de mal à attirer l'attention de sa victime. Elle réussit cependant à lui mettre sous le nez les photos et le faire-part. La vieille dame examina les documents, hocha la tête et se mit à rire.

— Alors ? demandèrent en chœur Arthur et Corinne lorsque Marinette revint vers eux.

— Ça lui rappelle des tas de souvenirs, répondit Marinette.

— Génial !

— Eh bien, comment elle s'appelle, notre inconnue ?

Marinette haussa les épaules.

— Aucune idée. Elle m'a dit que ça lui rappelait des souvenirs à cause de l'époque, c'est tout. Mais elle n'a reconnu personne sur les photos.

— Oooh…

— Tu t'y prends comme un manche, Marinette.

— Faites mieux !

Arthur et Corinne ne voulaient pas renoncer à leur idée. Ils étaient convaincus qu'il devait y avoir dans le village des gens qui

avaient connu la famille Ferrand à l'époque
où leur arrière-grand-tante avait disparu.
Après deux nouvelles tentatives infruc-
tueuses, ils tombèrent sur M. Vrimont, l'an-
cien pharmacien qui, avec sa moustache
blanche et son crâne presque complètement chauve, était à l'évidence ce qu'on
appelle un homme d'un certain âge.

M. Vrimont contempla longuement les
photos découpées, avant de les leur rendre
en disant :

— Eh bien, pour une affaire, c'est une
affaire !

— Est-ce que vous les connaissiez bien ?
demanda Corinne, pleine d'espoir.

— Qui ?

— Mais, André, Amélie, Armand, Marie-
Louise…, tous les Ferrand des années
1900…

— Ouh, là ! je n'y étais pas, moi. Je n'ai

peut-être pas l'air, comme ça, mais je ne suis pas encore complètement croulant… D'ailleurs, je ne suis pas de la région. Je suis né en Algérie, figurez-vous, dans une très jolie petite ville qui…

Il s'interrompit net.

— Vous vous en fichez, à ce que je vois. Tenez, je vais quand même vous donner une idée. Savez-vous ce qu'ils faisaient mes clients, quand ils n'étaient pas contents de mes services ? J'étais pharmacien, comme vous vous souvenez. Eh bien, ils allaient voir Gaspard. Il soigne tout, lui, à ce qu'il paraît, avec ses herbes magiques et ses tours de passe-passe. Un rebouteux, on appelle ça. Et le Gaspard, à ce qu'on dit, il serait même à moitié sorcier. Sa spécialité, c'est pour ça que je vous en parle, c'est de retrouver les disparus. Ça lui est arrivé plusieurs fois, je vous blague pas. Un môme perdu en pleine forêt, une autre fois le corps d'une femme dans la rivière et même un chien qui était parti depuis des semaines !

— Comment fait-il ?

— Oh ! avec des baguettes, des pendules, des machins. On n'est pas obligé d'y croire, notez bien.

— Et où est-ce qu'on le trouve, ce Gaspard ? demanda Arthur.

— Dans sa boutique. Vous savez, la petite épicerie à côté du café des Amis, eh bien, c'est lui…

— Maman n'y va jamais, dit Corinne.

Un grelot tinta comme ils poussaient la porte. L'épicerie de Gaspard était sombre, poussiéreuse, et sentait à la fois la cire d'abeille et le saucisson. Ils attendirent un bon moment devant le comptoir, à

contempler des bocaux emplis de bon-
bons. Derrière, sur les étagères, se mélan-
geaient paquets de riz ou de pâtes, bou-
teilles de vin, potages en sachet ainsi que
les articles les plus divers : cordes à sauter,
couteaux, lampes de poche, papier tue-
mouches, thermomètres, harmonicas en
plastique, eaux de toilette…

— Qu'est-ce que c'est ?

Gaspard surgit soudain de son arrière-
boutique en écartant un rideau de perles,
juste à droite de la grande cloche en plastique sous laquelle suaient quelques mor-
ceaux de fromage et de la charcuterie.

Pour la énième fois de la journée, les
enfants répétèrent leur histoire, montrant
photos et faire-part à ce curieux épicier au
long nez pointu, sur le bout duquel étaient
posées de petites lunettes rondes.

— Qu'est-ce qu'on vous a donc dit ? Je ne suis pas sorcier, moi, je suis épicier.

— Il paraît que vous savez retrouver les disparus, dit Marinette.

— Il paraît, il paraît… faut pas croire tout ce qu'on raconte, les enfants. Et puis… là, c'est spécial. Vous me parlez d'une femme qui a disparu depuis des dizaines d'années. Que voulez-vous que je vous dise, moi ?

— Eh bien, répondit Corinne sur le ton de l'évidence, ce qu'elle est devenue…

— Ben voyons, comme si c'était si facile ! Vous ne voulez pas plutôt un rouleau de réglisse ou une tresse de guimauve ? Je vous les offre. Bon, je vois que vous êtes du genre têtu.

Il leur tourna le dos et s'éclipsa sans autre explication, de l'autre côté du rideau de perles. Gaspard revint au bout de cinq

minutes. Il posa sur le comptoir une grande carte de France. Dans sa main droite, il
tenait un pendule : un morceau de plomb
de la forme d'une balle de fusil pendu au
bout d'une ficelle.

— Qu'est-ce que vous faites, monsieur ?
demanda Marinette.

— Chut ! Laissez-moi travailler, à présent.

Il étala les photos près de la carte et leva
le bras bien haut. Gaspard avait maintenant les yeux presque clos et son pendule
oscillait doucement à quelques centimètres
de sa bouche.

— Ahem !

— Quoi ?

— Qu'est-ce qu'il y a ?

— Rien, rien, je n'ai rien dit. Ahum !

Il entrouvrit les yeux, regarda la carte,
regarda les photos. Le pendule allait main-

tenant de droite et de gauche, très lentement.

— Tiens, tiens…

— Quoi ?

— Vous avez vu quelque chose ?

— Ça alors !

— Dites-nous, monsieur, s'il vous plaît.

Le pendule semblait avoir changé de
direction.

— Non, dit Gaspard, ça ne marche pas.
Normal, c'est de l'histoire ancienne.

Il leur rendit les photos, replia sa carte,
rangea son pendule.

— Tout d'abord, j'ai eu l'impression que
ça me disait : à l'ouest !

— À l'ouest ?

— Oui, mais loin, très loin…, de l'autre
côté de l'eau, dirait-on.

— De l'eau ?

— Oui, de l'eau… Et après, j'ai eu l'impression que ça me disait : elle est au nord.

— Au nord ?

— Voilà… Enfin, je crois qu'il n'y a rien à tirer de tout ça. D'habitude, mon pendule ne change pas d'avis aussi facilement. Désolé, les enfants. Il va falloir continuer votre enquête ailleurs. C'est peut-être mieux ainsi. Je suis épicier, moi, pas sorcier. Prenez quand même un bonbon.

Le soir, tandis qu'une délicieuse odeur d'ail et de persil commençait à s'échapper de la cuisine, le téléphone sonna.

— Corinne ! appela Sylvie. On te demande au téléphone. C'est la police.

— La police ?

Corinne saisit l'appareil d'une main tremblante.

— Allô ?

— Corinne Bouchard ?

— Oui.

— Ici l'inspecteur Chérèque.

— L'ins... Oh ! C'est vous, monsieur le curé ?

— C'est moi, oui. J'espère que tu as eu très peur.

— Est-ce que vous avez trouvé quelque chose ?

Le père Chérèque émit un petit chantonnement pour faire languir Corinne encore quelques instants.

— Elle s'appelle... elle s'appelle... Mince, j'ai oublié.

— Mon père !

— Ah oui, ça me revient. Elle s'appelle... Éléonore.

Éléonore. Quel beau prénom ! Corinne se le répéta plusieurs fois en silence.

— Née en 1897, reprit la voix dans le

téléphone. Mais c'est tout ce que j'ai pu découvrir. Pas de trace de mariage, pas d'acte de décès.

— D'acte de… Oh… !

— Peut-être est-elle toujours vivante, après tout, dit le prêtre. J'ai même téléphoné à l'évêché et à deux ou trois mairies du coin. Personne ne sait ce qu'elle a pu devenir. Tu te rends compte, elle aurait presque cent ans !

Corinne remercia chaleureusement le père Chérèque avant de raccrocher et d'aller raconter toute l'histoire devant une assiette fumante de champignons sauvages.

— Bon, j'espère que vous êtes satisfaits, à présent, déclara Sylvie. Vous allez peut-être pouvoir vous intéresser à autre chose !

Mais elle dut bien constater qu'il n'en était rien, tout au contraire. Les trois enfants étaient plus excités et curieux que jamais.

— Une centenaire ! s'exclama Arthur. Ce serait formidable d'avoir une centenaire dans la famille.

— Oui alors ! renchérit Marinette. Elle pourrait nous raconter l'histoire de tous nos ancêtres. Ça nous ferait un arbre grand comme ça !

— On s'en moque, de ton arbre, répondit Corinne. Ce qu'on veut, c'est éclaircir le mystère de notre arrière-grand-tante Éléonore. On veut savoir pourquoi elle a disparu et pourquoi on a découpé ses photos.

— Et de ce côté-là, conclut Arthur, on n'est pas plus avancés qu'avant.

Il n'y avait plus le moindre champignon dans la poêle. François contempla son assiette d'un air désolé, comme s'il ne pouvait se faire à l'idée que le festin était terminé.

— Savez-vous qui m'a indiqué ce superbe coin à champignons où nous étions ce matin ? dit-il soudain. Oh ! il y a très long-temps. Corinne n'était même pas née. Je vous le donne en mille !

Personne ne répondit.

— La vieille Eulalie ! Elle n'était pas encore complètement insupportable, à l'époque. Enfin, disons qu'elle était déjà insupportable mais qu'elle consentait encore à nous adresser la parole. Elle m'a indiqué ce coin mais, bon sang, j'ai eu du mal à la faire parler. Elle s'y connaît en secrets, celle-là. Elle m'a fait jurer de garder l'information pour moi. Dommage pour vous qu'il soit si difficile d'en tirer quelque chose car elle sait tout sur tout, la vieille Eulalie !

Corinne poussa un soupir et adressa à son père un regard plein de reproches.

— On n'y coupera pas, hein ? C'est ça

que tu veux dire ? Si on veut en savoir plus, il n'y a qu'Eulalie !

— Bon courage, les enfants ! se moqua François.

— Il y a sûrement un truc, déclara Corinne. Papa ? Maman ?

— Quel truc ? demanda Sylvie.

— Pour l'amadouer.

— Alors, là, ma petite, si tu le trouves, tu seras bien la première ! La dernière chose aimable qu'elle m'ait dite, c'était à peu près : ça te va bien, ces cheveux longs, on voit moins tes oreilles décollées. Et il y a une éternité de cela ! Maintenant, quand je la croise dans le village, elle ne me regarde même pas.

— Je suis certain que le curé pourrait nous aider, affirma Arthur.

— Vous allez laisser le père Chérèque

tranquille, répliqua Sylvie. Vous l'avez assez embêté comme ça.

— En fait, insista Arthur, si c'est bien elle qui a assassiné Éléonore, le curé doit être au courant. Elle a sûrement confessé son crime.

François secoua la tête en levant les yeux au ciel.

— Tu dis n'importe quoi, mon pauvre garçon. Cette affaire, si affaire il y a, remonte à plusieurs dizaines d'années. D'ailleurs, Sylvie a raison. Plus question d'aller ennuyer le père Chérèque.

— Elle ne me fait pas peur à moi, Eulalie, dit Marinette.

— Oui, eh bien, si j'ai un conseil à vous donner, répondit Sylvie, c'est de ne surtout pas y aller à trois. Deux, ce sera largement suffisant. Mais un conseil encore meilleur, ce serait d'oublier Eulalie.

André
Ferran

Marie-Louise
Ferrand

Armand
Ferrand†

Eulalie
Ferrand

René
Ferrand†

Jacques
Ferrand†

Catherine
Castelli

Arthur
Ferrand

Marine
Ferra

Amélie
Rochemont

...cie

Eléonore
Ferrand

...lienne

Madeleine
Ferrand

François + Sylvie
Bouchard Ferrand

Corinne
Bouchard

5. LA TANTE EULALIE

Les « dernières » recommandations de
Sylvie durèrent près d'une demi-heure.
D'abord, Marinette resterait à la maison.
Ensuite, Arthur et Corinne devraient se
montrer très polis et ne pas insister si la
vieille tante Eulalie refusait de leur ouvrir
sa porte. Il leur faudrait s'essuyer les pieds
avant d'entrer, attendre d'y être invités

avant de s'asseoir, ne pas regarder avec
curiosité ce qui les entourait, parler bien
fort (car Eulalie était un peu sourde) mais
ne pas crier, et surtout ne pas poser de
questions trop indiscrètes.

— Dites que c'est pour l'école, qu'on vous
a suggéré de faire l'arbre généalogique de
votre famille, ça fera plus sérieux. Je crois
qu'Eulalie a été institutrice, dans sa jeunesse. Peut-être que si vous lui parlez de l'école, elle vous écoutera plus facilement. Et je
vous en supplie, soyez diplomates !

— Qu'est-ce que ça veut dire, diplomates ? demanda Marinette.

— Ça veut dire qu'il ne faut pas lui
demander tout de suite si c'est bien elle qui
a assassiné Éléonore, répondit Arthur en
riant.

Sylvie se prit la tête entre les mains en
mimant le plus complet désespoir.

— Et si j'apprends que vous avez fait la moindre allusion de ce genre, je vous étripe ! hurla-t-elle.

Plus calmement, elle ajouta :

— Nous sommes bien d'accord, les enfants ? Il n'y a pas d'ancêtre disparue, de crime mystérieux ni de fadaises dans ce style. Vous allez la voir pour compléter votre arbre et lui demander si elle sait ce qu'est devenue la fameuse Éléonore. Si vous voyez que cela la contrarie, vous laissez tomber !

Séparée de la route par un bout de jardin, la maison d'Eulalie se trouvait tout près de la sortie du village. Arthur et Corinne firent tinter la cloche suspendue au-dessus du portillon derrière lequel ils apercevaient un carré de salades, de choux et de carottes.

Pas de réponse. Ils recommencèrent, de

plus en plus fort, se souvenant que la vieille dame était dure d'oreille. Finalement, une voix se fit entendre :

— Garnements ! Voulez-vous filer !

— Ça commence bien, murmura Arthur en agitant une nouvelle fois la clochette.

La porte de la maison s'ouvrit et ils virent apparaître leur grand-tante en tablier bleu, un balai à la main.

— Regardez-moi ça ! s'exclama Eulalie. Ça n'a aucune crainte. Attendez que je vous attrape !

Corinne commença à battre en retraite.

— Maman a dit de laisser tomber si…

— Sûrement pas, coupa Arthur. Tante Eulalie ! C'est nous ! Arthur et Corinne !

La vieille femme descendit les deux marches de sa maison et avança de quelques pas sur le gravier de l'allée, en s'appuyant sur le balai comme sur une canne. Elle s'arrêta pour soulever ses lunettes.

— Qu'est-ce que c'est ? D'où sortent-ils, ces deux-là ? Corinne ? Ah oui, tu es la fille de Sylvie. Les Bouchard ! Et toi, tu es le Parisien ! Si c'est pour me vendre quelque chose, allez voir ailleurs. Je ne donne pas aux quêtes.

— Mais non, tante Eulalie. Nous voudrions vous parler.

— Je ne parle plus aux gens. Pour ce que ça rapporte ! Allez voir ailleurs, vous dis-je.

Voyant que les deux enfants ne bougeaient pas, Eulalie consentit à approcher un peu plus.

— Vous m'avez l'air de deux belles têtes de mule, dit-elle. Vous êtes bien de la famille ! Alors, qu'est-ce que c'est ?

— Justement, tante Eulalie, commença

prudemment Arthur, nous voudrions vous parler de la famille.

La vieille femme éclata de rire. De près, elle était laide à faire peur, avec son menton en galoche et sa verrue poilue sur la joue.

— La famille ! C'est bien la première fois qu'elle se préoccupe de moi, la famille. Si c'est pour l'héritage, vous repasserez. J'ai l'intention de tout donner à la Spa, là, pour les animaux.

— SPA, épela Corinne. Société protectrice des animaux. Il est à vous, le chat blanc ? Qu'est-ce qu'il est mignon !

— Pimpon ? C'est lui, ma famille, figurez-vous.

— Est-ce que nous pouvons entrer, tante Eulalie ?

— Euh… pourquoi pas ? Si vous ne

dérangez rien et que vous vous essuyez les pieds. Mais je ne vois vraiment pas…

Ils traversèrent le petit potager. Arthur s'extasia sur la beauté des salades, Corinne sur la splendeur des choux. Si bien qu'Eulalie s'arrêta brusquement devant la porte de sa maison :

— Vous essayez de m'embobiner, tous les deux. D'abord, les légumes, je ne m'en occupe plus, j'ai bien trop mal au dos. C'est le vieux bonhomme Cauchy qui fait le potager. Il est bête comme ses pieds mais, au moins, il ne pose pas de questions.

Elle les fit entrer dans son petit salon. Il y avait des photos sur les murs, sur le poste de télé, sur le buffet, partout. Arthur et Corinne durent se retenir de se précipiter pour les examiner. Comme ils l'avaient promis, ils s'assirent sagement, les mains sur les genoux.

— Comment tu t'appelles, toi ?

— Arthur.

— Ne crie pas, j'entends. Arthur. C'est ça, je m'en souviens maintenant, Arthur. Qu'est-ce que tu regardes ?

— Rien.

— Je ne suis pas aveugle. Je suis même moins sourde qu'on le dit. Ça m'arrange, d'avoir l'air sourde, certains jours.

— Je regardais la photo, derrière vous.

Eulalie se retourna.

— C'est ma mère.

— Lucie, dit Corinne.

La vieille femme sursauta sur son fauteuil.

— Comment tu sais ça, toi ?

— Oh ! On sait beaucoup de choses !

— Tiens donc ! Ça n'a pas dix ans et ça sait beaucoup de choses !

— Sur la famille, précisa Arthur. On s'est renseignés. C'est pour l'école. On nous a dit de faire notre arbre généalogique.

— Ah oui ? s'étonna Eulalie. Je croyais que vous étiez en vacances.

— Pour la rentrée, bredouilla Corinne.

Eulalie gratta ses cheveux blancs, l'air de se demander où les deux gamins voulaient en venir.

— Et alors, qu'est-ce que vous voulez que je lui fasse, à votre arbre ? Est-ce que c'est de ma faute si on est sur la même branche, vous et moi ?

Arthur et Corinne échangèrent un regard. Il fallait y aller, car la vieille Eulalie n'allait pas tarder à s'impatienter pour de bon.

— Il nous en manque une, de branche,

se lança Arthur. Et nous nous sommes dit que vous seriez peut-être au courant.

— Il n'y a que vous qui puissiez nous aider, renchérit Corinne. Ça se passait il y a très longtemps...

— Et je suis le vieux croûton de la famille, c'est ça ?

— Mais non, mada... ma tante, dit Corinne, vous avez l'air en pleine forme.

— Ta ta ta ! Assez de flatteries. Et assez tourné autour du pot.

— Eh bien, voilà : nous voudrions savoir ce qu'est devenue Éléonore, dit Arthur.

Eulalie regarda autour d'elle, comme si un fantôme venait d'entrer dans la pièce. Puis elle se mit à hocher la tête sans répondre, et les enfants se demandèrent si elle avait bien entendu.

— D'après nos renseignements, s'enhardit Arthur, ce devrait être la sœur de...

— Je sais parfaitement qui était Éléonore, coupa sèchement la vieille dame.

— La sœur de votre père. Votre tante, en somme, insista Corinne.

Eulalie chiffonnait son tablier bleu sans s'en rendre compte.

— Je l'ai très peu connue, mais je pense souvent à elle. Dans mon souvenir, c'était la meilleure personne du monde. Bonne, douce, courageuse. Je crois qu'elle m'aimait bien aussi. J'avais cinq ou six ans, elle en avait dix-sept ou dix-huit. Elle s'occupait beaucoup de moi, de mon frère René, votre grand-père René, de ma sœur Madeleine qui venait de naître. Mon père était parti à la guerre et ma mère était toute seule pour élever ses trois enfants. Alors, Éléonore l'aidait.

— Quelle guerre, tante Eulalie ?

— La guerre de 14, cette question ! Puis,

en 1917, mon père est revenu. Il avait été blessé en se battant contre les Allemands. Alors, Éléonore est partie, comme pour prendre sa place…

— Elle est partie faire la guerre ? s'exclama Corinne, horrifiée.

— Mais non, petite sotte ! Elle est allée je ne sais où, pour aider à soigner les soldats blessés qui revenaient du front. Ça a duré des mois. Une fille vraiment courageuse.

— Et qu'est-ce qui lui est arrivé ? demanda Arthur.

— Éléonore a eu la mauvaise idée de tomber amoureuse d'un étranger.

— D'un Allemand ! s'exclama Corinne.

— Non, quand même pas ! Il était américain. Un soldat américain qui se battait pour défendre la France. Elle nous a envoyé sa photo. Il avait un grand bandeau autour de la tête. Le pauvre avait reçu des éclats d'obus.

— Encore une photo qui a disparu, souffla Corinne à l'adresse d'Arthur.

Eulalie ne prêta pas attention à l'interruption. Elle poursuivait son histoire, semblant heureuse, finalement, que les deux enfants soient venus égayer sa solitude.

— Ses parents sont entrés dans une rage folle, se souvint-elle.

— André et Amélie, dit Arthur.

— Eh bien, tu en connais un rayon ! s'exclama la vieille dame. André et Amélie, les parents d'Éléonore, et mes grands-parents, donc. Et mon père Armand, le frère d'Éléonore, s'est mis de leur côté. Au début, ils pensaient tous qu'il s'agissait d'une fantaisie de jeune écervelée, que ça ne durerait pas et qu'Éléonore reviendrait vite à la raison. C'était comme ça, à l'époque, une jeune fille devait, pour ainsi dire, demander la permission à ses parents avant de tomber amoureuse. Mais Éléonore n'était pas du genre à se laisser faire. Moi, j'avais six ans mais j'ai tout de suite compris que c'était du sérieux. Le jeune homme a eu une permission et, un jour, ils sont arrivés tous les deux à la maison, celle où vous passez vos vacances. André et Amélie y habitaient encore, à ce moment-là. Ils ont refusé de les recevoir. Refusé de parler à leur propre fille, refusé de seulement serrer la main de ce garçon.

— Oh ! s'écria Corinne, révoltée.

— C'était comme ça, à l'époque, répéta Eulalie. J'étais encore petite mais, quand j'ai vu comment on traitait la pauvre Éléonore, je me suis juré de ne jamais tomber amoureuse et de ne jamais me marier.

Elle leva vers les enfants un regard qui leur sembla plein de tristesse.

— Bah, vous voyez, j'ai tenu parole.

— Et Éléonore ? demanda Corinne.

Eulalie poussa un gros soupir.

— Elle l'aimait vraiment, son Américain. Elle est partie avec lui, là-bas, en Amérique. Je ne l'ai jamais revue. Je crois qu'elle écrivait des lettres mais ses parents les déchiraient sans les lire. Ils ont décidé de faire comme si elle n'existait plus.

— Ils ont même découpé les photos, murmura Arthur.

— Et le faire-part, ajouta Corinne.

— C'est vrai que vous savez beaucoup de choses, dit Eulalie avec surprise. Vous êtes des malins, tous les deux.

Quelques minutes plus tard, Eulalie les raccompagna au portillon de son jardin. Passé le moment d'émotion qu'avait pro-

voqué son récit, elle avait vite repris son air
sévère et grognon. Juste avant de laisser les
enfants s'éloigner, elle leur dit :

— Dites donc, j'espère que vous allez
venir me le montrer, votre fameux arbre
généalogique, quand il sera fini.

— Bien sûr, ma tante, si ça vous fait plaisir.

— Plaisir ? Tu parles d'un plaisir ! Je ne
voudrais pas que vous y mettiez plein de
bêtises, c'est tout. Attendez.

Elle alla leur cueillir une belle salade
dans le potager et conclut en se massant les
reins :

— Donne ça à ta mère, Corinne. Ça lui
rappellera peut-être qu'elle a une vieille
tante.

— Ma tante ?

— Quoi encore ?

— Est-ce que vous savez comment il

s'appelait, cet Américain ? demanda
Arthur.

— Dites donc, je ne suis pas le bureau
des renseignements, moi ! Est-ce que je
sais comment… Un nom comme… Jones,
je crois. Oui, je crois bien que c'était Jones.
Son nom de famille, naturellement.

Amélie
Rochemont

Eléonore   Jones
Ferrand +

ne Madeleine
Ferrand

François + Sylvie
Bouchard + Ferrand

Corinne
Bouchard

— Il l'avait dit, expliqua Corinne à la
vitesse d'une mitraillette, il l'avait dit,
Gaspard ! D'abord, qu'elle était à l'ouest et
qu'il voyait de l'eau, c'était l'Amérique,
l'Amérique ! Et après, il a dit : elle est au
nord et bien sûr on n'y comprenait plus
rien. Mais ce n'était pas ça ! Elle est au
nord égale Éléonore ! Tu comprends,
Arthur, Elle — est — au — nord ! Il est
vraiment sorcier, Gaspard !

Sylvie et François, à qui les enfants
s'étaient bien gardés de rapporter leur visite à l'étrange Gaspard, échangèrent un
regard consterné, convaincus que leur fille
perdait la raison. Mais Corinne ne leur laissa pas le temps de souffler.

— Le timbre ! s'écria-t-elle.

— Quoi ? Qu'est-ce qui te prend encore ?
demanda François.

— Je l'ai ! Il est là-haut !

6. LA LETTRE D'AMÉRIQUE

Le soir, pendant le dîner, alors qu'elle écoutait son cousin Arthur achever le récit de leur visite à Eulalie, Corinne eut une double illumination.

— À l'ouest, elle est au nord ! hurla-t-elle.

— Qu'est-ce qui t'arrive ? demanda Sylvie.

Elle se leva de table malgré les protesta-
tions de sa mère et monta en courant à sa
chambre. Quelques instants après, elle
revenait en brandissant triomphalement
un bout d'enveloppe où était collé un petit
timbre vert.

— Où as-tu trouvé ça ? lui demanda
François.

— Dans la tour, quand on fouillait la
vieille malle. Il y avait des lettres. J'ai pris
les timbres, pour ma collection.

— Et les lettres ?

— Elles sont restées là-bas, répondit
Arthur. Il faut absolument qu'on retrouve
la lettre d'Amérique. C'est sûrement Éléonore qui l'a envoyée ! Une lettre que ses
horribles parents ont oublié de déchirer.

François examinait le timbre.

— Je ne voudrais pas vous décevoir mais
ça m'étonnerait beaucoup, dit-il. Ça ne

date pas du tout de ce temps-là. Regardez le cachet. 1985 ! 13 mai 1985, pour être précis.

— C'est peut-être une lettre d'Éléonore quand même, s'obstina Corinne. Elle a écrit une dernière fois, alors qu'elle était très vieille…

— Possible, après tout, admit François.

Il était trop tard pour entreprendre des recherches. Mais, le lendemain, les trois enfants étaient sur le pied de guerre dès sept heures du matin.

Ils se précipitèrent vers la tour avec une telle ardeur que Sylvie ne tenta même pas de les empêcher de filer. Les enfants étaient certains qu'il ne leur faudrait que quelques minutes pour repérer ce qu'ils cherchaient. Mais l'entreprise fut plus difficile que prévu. Comme Corinne avait arraché de nombreux timbres, toutes les je ne suis jamais une très bon élève. Bon, mais j'ai une triste nouvelle justement à cause d'Éléonore, car elle est morte le mois dernier. Je voulais vous le dire à vous qui êtes sa famille de France, même si c'était fini entre vous depuis longtemps. Elle parlait souvent de son pays mais elle ne voulait plus y retourner. Je ne sais pas si c'est vrai que personne ne l'aimait plus là-bas. C'est vraiment trop triste. Maintenant qu'elle n'est plus là, j'aimerais beaucoup moi visiter ce pays de la France. Je voudrais connaître l'endroit de son enfance et peut-être aussi sa famille. J'aimerais que vous me répondez si je peux venir voir peut-être l'année prochaine ? Bien sûr, j'ai peur que vous n'habitez plus la maison d'autrefois et que cette lettre n'arrive pas à vous. Mais je tente la chance quand même. Chaque fois que je pense à ma grand-mère Éléonore j'ai envie de connaître la France. C'était une femme *merveilleuse. Voilà. J'espère que vous me répondez. J'espère à bientôt !*

— Et, naturellement, personne ne lui a répondu, déclara Corinne.

— Eh ben dis donc, ils ont la rancune tenace, dans la famille, dit Arthur.

— Mais non, que tu es bête ! répliqua Corinne. En 1985, il n'y avait plus personne de la famille dans cette maison. Enfin, je crois qu'elle appartenait à des cousins éloignés. Il te faudrait un arbre généalogique large de deux mètres pour qu'ils soient dessus. Mes parents l'ont récupérée après. Elle était dans un sale état, tu peux me croire.

— Et ces gens-là ont mis la lettre avec les vieux papiers de la famille Ferrand, au lieu de la faire suivre, conclut Arthur.

— Sympa, commenta Marinette.

— Eh bien, nous allons répondre, nous ! décida Corinne.

La lettre des enfants partit dès le lendemain. Ils racontaient rapidement leur aventure et demandaient à leur cousin américain s'il souhaitait toujours faire la connaissance de la famille et du pays d'Éléonore.

Comme ils savaient bien que le courrier avec les États-Unis risquait de prendre un certain temps, ils indiquèrent leurs adresses habituelles et non celle de la maison de vacances.

7. RETROUVAILLES

❦

Les vacances terminées, Corinne et Arthur se téléphonèrent toutes les semaines pour savoir si l'autre avait reçu des nouvelles. Mais, rien ne venant, ils finirent par perdre espoir.

Trois mois s'écoulèrent. Puis, un jour, une lettre parvint au domicile parisien des Ferrand. Elle portait un timbre d'Amérique

et elle était signée Scott Jones. Le petit-fils d'Éléonore y expliquait que la lettre de France avait mis longtemps à lui parvenir car il avait déménagé depuis 1985. Il n'habitait plus à Boston mais dans une autre ville appelée Philadelphie. En quelques phrases, Scott Jones racontait l'histoire de cette branche de la famille qui avait poussé sur le sol d'Amérique.

Le soldat qu'avait épousé Éléonore se nommait Philip Jones. Ils avaient eu un fils : Jack, et ce Jack Jones avait lui-même eu un fils : Scott.

Et moi, concluait Scott, *j'ai deux enfants qui sont Phil, comme mon grand-père, et Susan. Et c'est incroyable : je crois bien qu'ils ont le même âge que vous deux, Arthur et Corinne ! Phil apprend déjà le français à l'école et c'est pour cela que je fais moins de fautes*

que dans ma première lettre, en 1985 : c'est le
professeur de Phil qui l'a corrigée ! Tous les
deux me parlent de vous tous les jours, et aussi
de Marinette. Ils ont très envie de vous
connaître. Alors, on a décidé de venir en
France l'année prochaine, pour les vacances,
avec aussi ma femme Joan, bien sûr. Est-ce
que vous êtes d'accord pour qu'on se retrouve
tous ensemble, là-bas, dans le beau pays d'É-
léonore ? Répondez vite. Nous sommes telle-
ment impatients !

Arthur, Marinette et Corinne ne se firent
pas prier et c'est tout juste s'ils prirent la
peine de consulter leurs parents avant de
donner leur accord avec enthousiasme.
Jusqu'aux vacances de l'année suivante, les
jours, les semaines et les mois leur paru-
rent terriblement longs.

Les enfants Jones, Phil et Susan, étaient
sympathiques et parlaient un français très
correct. Leur mère, Joan, une grande blon-
de souriante qui ne s'exprimait qu'en
anglais, était arrivée des États-Unis avec
une pleine valise de cadeaux. Quant à leur
père Scott — Scott Jones, le petit-fils
d'Éléonore —, il s'était montré jusque-là
on ne peut plus charmant. Bref, la grande
réunion de famille franco-américaine orga-
nisée au Moulin en ce mois de juillet et
rassemblant les Ferrand, les Bouchard et
les Jones avait commencé de la façon la
plus merveilleuse qui soit. Alors, pourquoi
Scott voulait-il tout gâcher ?

Soudain, à la grande consternation
d'Arthur, Corinne et Marinette, il avait
décrété :

— Et maintenant, il faut voir la tante
Eulalie.

Aux cris de protestation des enfants s'étaient joints les toussotements et remarques embarrassées des parents.

— C'est peut-être…

— … prématuré…

— Un autre jour…

— Vous savez, Scott, la vieille Eulalie n'est pas toujours… euh… commode…

— Comment ? demanda Scott. Je ne comprends rien. Qu'est-ce que c'est : prématuré ? Et commode ? Nous partons maintenant ? J'ai tellement envie de la connaître.

Ils se regardèrent tous, Jacques Ferrand, Catherine Ferrand, née Castelli, Sylvie Bouchard, née Ferrand, François Bouchard… et éclatèrent de rire.

— Après tout, qu'il aille voir Eulalie, il se rendra bien compte par lui-même !

Mais ils n'eurent pas le cœur de le laisser

aller tout seul. On chercha un ou deux volontaires pour l'accompagner mais, personne ne se désignant, il fut décidé dans un nouvel éclat de rire que tout le monde irait. Et ce fut une délégation de onze personnes qui se mit en marche vers la petite maison de la tante Eulalie.

— Ça va être l'horreur, murmura Arthur en tirant une première fois sur la cloche.

Pendant un moment, Ferrand et Bouchard crurent que la chance était avec eux et qu'Eulalie ne se trouvait pas chez elle. Cependant, au quatrième coup de cloche, sa voix inimitable surgit de derrière la maison. Le corps cassé en deux, les mains sur les reins, un petit panier d'osier accroché au coude, elle quittait un coin de jardin consacré aux haricots verts.

— Qu'est-ce que c'est que ça ? Mais c'est l'invasion des Huns !

Elle avança de quelques pas, ploya encore un peu plus l'échine, écarquilla les yeux
comme si elle avait du mal à croire ce qu'ils
lui montraient.

— Un attroupement, une manifestation !
dit-elle.

— Madame Ferrand !

— Eulalie, ouvrez !

— C'est nous !

Elle les regardait sans bouger.

— Je ne vais quand même pas ouvrir à
tout ce monde-là. Il y en a que je connais,
mais les autres…

— Eulalie ! hurla Arthur. On vous amène
les cousins d'Amérique !

— Cesse donc de brailler, répondit la
vieille dame en consentant enfin à approcher. Comme si j'avais des cousins
d'Amérique !

— Mais si, c'est moi ! lança Scott Jones.

Je suis si heureux de faire votre connaissance.

— Que dit-il ?

— Qu'il est heureux de faire votre
connaissance, répétèrent en chœur plusieurs Bouchard et Ferrand.

— J'avais bien compris, dit Eulalie, mais
pourquoi parle-t-il comme ça, avec cet
accent affreux ? Il ne doit pas être vraiment
de la famille.

— Vous avez raison, dit Scott. J'aurais dû
apprendre mieux le français. J'ai beaucoup
travaillé avec les enfants, vous savez,
depuis un an. Mais la procia…, procion…

— La prononciation, lui glissèrent Phil et
Susan.

— Oui… c'est difficile.

— Vous comptez peut-être sur moi pour
vous donner des leçons particulières ? ricana Eulalie.

La vieille dame avait fini par arriver tout
près de son portillon.

— Bon, alors, dit-elle, qu'est-ce que vous
me voulez ? Les conseils de famille, moi,
figurez-vous, je n'en ai que de mauvais
souvenirs. Puis c'est loin, c'est loin…

Elle grognait toujours mais sa main s'était
posée sur le loquet. Elle ouvrit.

— C'est pas une salle de cinéma, chez
moi, dit-elle encore. Je peux pas asseoir
tout ce monde.

— Nous resterons debout, ma tante.

— C'est ça, à me donner le tournis. Eh
bien, entrez, qu'attendez-vous ?

Eulalie alla s'installer toute droite sur une
chaise de son salon. Les Américains
s'étaient serrés sur le canapé, entourés des
Bouchard et des Ferrand, les enfants
debout, les parents accroupis.

— Éléonore disait toujours que vous êtes

la meilleure personne de la terre, affirma
Scott.

— Qu'est-ce qu'il baragouine ?

On le lui répéta mais elle avait parfaitement compris.

— Elle vous appelait : mon seul regret en
France.

— Ta ta ta ! Ça suffit.

— Depuis que je suis tout petit, je voulais vous connaître.

— Ça suffit ! Est-ce que j'ai l'air riche
pour qu'on vienne me quémander l'héritage comme ça ? Vous n'avez pas assez
d'argent, là-bas, en Amérique ?

Eulalie continuait de rouspéter mais son
ton changeait doucement. Et sa voix sembla
se briser soudain quand elle s'exclama :

— Personne n'a jamais dit que j'étais
bonne, personne ! On ne s'adoucit pas à

mon âge. Je ne suis plus qu'un vieux tro-
gnon tout sec.

— Moi, je vous aime comme ça, dit
Scott.

Eulalie tourna la tête vers la pendule,
sans doute pour dérober ses yeux
mouillés.

— Il est midi, dit-elle. Vous vous imagi-
nez peut-être que j'avais prévu à manger
pour quarante ?

— Pas du tout, intervint Jacques
Ferrand. C'est… mais oui, c'est nous qui
vous invitons. Au restaurant, Eulalie.
Venez, venez !

— À quoi bon ? Pourquoi remuer ces
vieux souvenirs ?

Elle regarda Scott.

— Alors, c'est vrai, elle se souvenait de
moi, Éléonore ?

— Une petite fille tendre, généreuse, courageuse, récita Scott.

Eulalie tira sur son tablier, lissa ses cheveux blancs.

— Je ne peux pas sortir comme ça. Vous me voyez au restaurant, dans mon vieux tablier ?

Tous la regardaient en souriant, pour bien lui montrer qu'elle ne pouvait refuser.

— Attendez-moi, décréta-t-elle en reprenant son ton acariâtre. Et ne touchez à rien !

Eulalie les fit attendre pendant une bonne demi-heure. Quand elle ressortit de la chambre où elle était allée se réfugier, elle portait une robe rose et un chapeau violet.

— Je ne l'ai pas mise depuis quinze ans, dit-elle. Je dois sentir la naphtaline.

Mais personne n'eut envie de se moquer

et Arthur trouva même que sa grand-tante
n'était presque plus moche.

Au restaurant, Eulalie grignota timidement son entrée en avalant une gorgée de
vin, mangea de bon appétit son gigot en
laissant Scott remplir son verre à plusieurs
reprises puis dévora son dessert en accep-
tant de fêter les retrouvailles avec une
coupe de champagne. Auprès d'elle, les
enfants formaient des projets pour l'été
suivant. Il fallait maintenant que Bouchard
et Ferrand découvrent le pays où Éléonore
avait choisi de vivre. L'an prochain, c'était
décidé, tout le monde se réunirait en
Amérique.

Alors, timidement, Eulalie prononça une
phrase qui sembla la surprendre elle-
même :

— Moi aussi, dit-elle, j'aimerais bien
connaître le pays d'Éléonore.

Devant les cris d'enthousiasme de la famille Jones, elle se reprit aussitôt :

— Mais pourquoi m'avez-vous fait boire comme ça ? Voilà que je ne sais plus ce que je dis. Hein, qu'est-ce que vous espérez donc obtenir de moi pour m'avoir tourné la tête de la sorte ?

Et Scott Jones lui répondit :

— *A smile*, Eulalie. Un sourire.

Elle le leur offrit.

André Ferrand
Marie-Louise Ferrand
Armand Ferrand +
Eulalie Ferrand
René Ferrand +
Jacques Ferrand + Catherine Castelli
Arthur Ferrand

TABLE DES MATIÈRES

1. L'arbre généalogique..........................5

2. L'album de famille 21

3. Les photos découpées......................45

4. Le père Chérèque 71

5. La tante Eulalie............................109

6. La lettre d'Amérique......................131

7. Retrouvailles.................................139

MON ÎLE

Pour partir sur votre île secrète, la collection MON ÎLE vous offre une sélection de romans qui vous ont enchanté, une série particulière de 12 titres à découvrir ou à redécouvrir.

MON ÎLE : les grands textes de Castor Poche, dans un format légèrement agrandi, une mise en pages qui privilégie le confort de lecture, un papier soigneusement sélectionné, une couverture à la fois souple et solide…

Quand le livre devient le seul objet qu'on voudrait emporter sur son île…

AKAVAK
par James Houston

Akavak, quatorze ans à peine, doit accompagner son
grand-père malade jusqu'au Kokjuak, région lointaine par-
delà les montagnes glacées du Canada du Nord. Que de
souffrances et de dangers pour ce garçon courageux au
milieu d'une nature hostile !

L'ANNÉE DU MISTOUFLON
par Anne-Marie Chapouton

Les chasseurs de Lourmarin n'en croient pas leurs yeux :
ils ont capturé un Mistouflon ! Un animal étrange, à six
pattes, à poils bleus et qui parle !
En l'accueillant chez eux, les Lourmarinois se trouvent
confrontés à une série de situations imprévisibles qui bous-
culent la vie tranquille du village...

CLAUDINE DE LYON
par Marie-Christine Helgerson

À onze ans, Claudine a déjà le dos voûté des canuts,
elle doit se pencher sur le métier à tisser dix heures par
jour dans l'atelier de son père. Ceci se passait il y a cent
ans, à Lyon...
Mais Claudine refuse l'existence de tristesse de mala-
die et de pauvreté à laquelle elle semble promise...

Achevé d'imprimer
sur les presses de l'imprimerie
G. Canale & C. S.p.A.
Borgaro T.se - Turin
en septembre 1997

Dépôt légal : octobre 1997
Nº d'Édition : 4917. Imprimé en Italie.
ISBN : 2-08-164917-9
Loi nº 49-956 du 16 juillet 1949
sur les publications destinées à la jeunesse